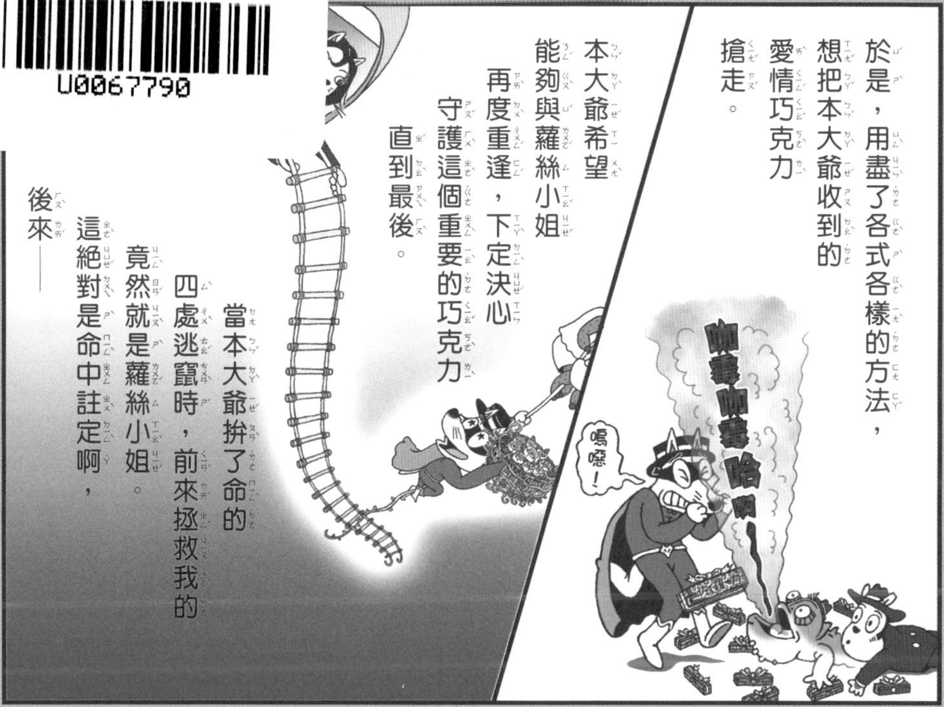
於是，用盡了各式各樣的方法，
想把本大爺收到的
愛情巧克力
搶走。
嗚噁！
本大爺希望
能夠與蘿絲小姐
再度重逢，下定決心
守護這個重要的巧克力
直到最後。
當本大爺拚了命的
四處逃竄時，前來拯救我的
竟然就是蘿絲小姐。
這絕對是命中註定啊，
後來——

蘿絲小姐因為她送我巧克力
而惹出這麼多麻煩感到抱歉，
所以在我臉頰上親了一下，
以表示歉意，
然後，
她就翩然
離去了。
本大爺感受到
蘿絲小姐對我
深深的愛。
為了回應
這份愛，本大爺
在心中下了決定，
一個月後的白色情人節，
我要帶著她最愛的玫瑰，
一共100朵，
去向她求婚。
啾！

這是佐羅力自己所說的故事概要，想知道真相的讀者，請閱讀《怪傑佐羅力之神祕間諜與巧克力》，確認看看他說得對不對吧。

從西洋情人節那天開始，
佐羅力就為了能買下
100朵玫瑰而努力存錢。
他從早到晚，
在各式各樣的店裡
趕場打工。
時間飛逝，
很快的一個月就
過去了——

花店
不好意思——
請給我100朵玫瑰
紮成的花束；
玫瑰花要用
最貴的那種喔。
就在白色情人節那天，
佐羅力順利買到他心心念念的
100朵玫瑰花。
雖然
我們兩個
也很想
幫忙。
但是佐羅力大師
堅持一定要
自己親自完成，
所以他一個人
拚了命努力。
愛情的力量
真的好
偉大呀！

怪傑佐羅力之
神祕間諜與100朵玫瑰

文·圖 **原裕**　譯 周姚萍

接下來，
本大爺就要
帶著玫瑰花束，
到蘿絲小姐那兒
向她求婚。
蘿絲小姐就是在
西洋情人節，
送巧克力向我表達愛意的
那位美女。
這次的愛情
一定會進展得很順利！
請大家放心的看到最後喔。

佐羅力前往蘿絲工作的電器用品製造公司櫃檯，想要找到蘿絲。

然而，出現的卻是蘿絲的部下魯多急。

魯多急說：

「嗯，那個……前輩到別的公司去介紹我們的新產品了。」

我是來向蘿絲小姐求婚的！

「那麼，能不能告訴我那間公司在哪兒呢？」

佐羅力準備了100朵玫瑰紮成的大花束，他一心只想趁著花朵還沒枯萎，能早一點把花束送到蘿絲手上。

「不，那會有點……」

魯多急說話吞吞吐吐的，這是因為……

這間公司表面上看起來是電器用品製造公司，
其實是間諜集團的本部。
而且，蘿絲正為了
拿回被偷走的
國家重要機密文件，
外出展開調查。
不管是蘿絲的
間諜身分，
或是她的工作內容

都是極機密，
絕對不能洩漏。
所以魯多急腦子裡
亂糟糟的，
他不知道該怎麼說、
怎麼做，
才能讓佐羅力
打道回府。
這時——

魯多急的手機
大聲響了起來。
「啊，蘿絲前輩。」
他不知不覺衝口而出。
接著，他發現
佐羅力一聽到蘿絲的名字，
就高高豎起耳朵，
於是，他急忙跑向
有些距離外的牆壁後頭，

並且，
把聲音壓低後，
才繼續說話，
以免他和蘿絲
兩個人的對話
被其他人聽見。
他與蘿絲交談的
內容如下：

果然如同我們所預料的。我查出那間貿易公司的董事長，將經由出席一場婚禮，來交易他們所偷到的祕密文件。這是國家的重要機密情報，要是就這樣被人攜帶到國外去的話，就拿不回來了。不過，
我還不知道，那個即將被用來交易的婚禮舉行地點在哪裡，得再花點時間調查看看……
啊，你幹麼。快放開我！
啊呀！
咦，發生什麼事了？蘿絲前輩！

在蘿絲發出驚叫的同時，
電話也掛斷了。

請、請等等我，
我馬上趕過去。

糟糕，出事了，
必須儘早趕過去拯救蘿絲。
不過，在這之前，還得先把佐羅力他們
打發回去才行。
魯多急著急得不得了。
然而——

等魯多急回到大門玄關那兒一看，
佐羅力他們
已經不見了。

他們一定是
等太久決定放棄
自己走掉了。

魯多急立刻飛奔
衝出間諜本部，
跳進自己的
車子裡——

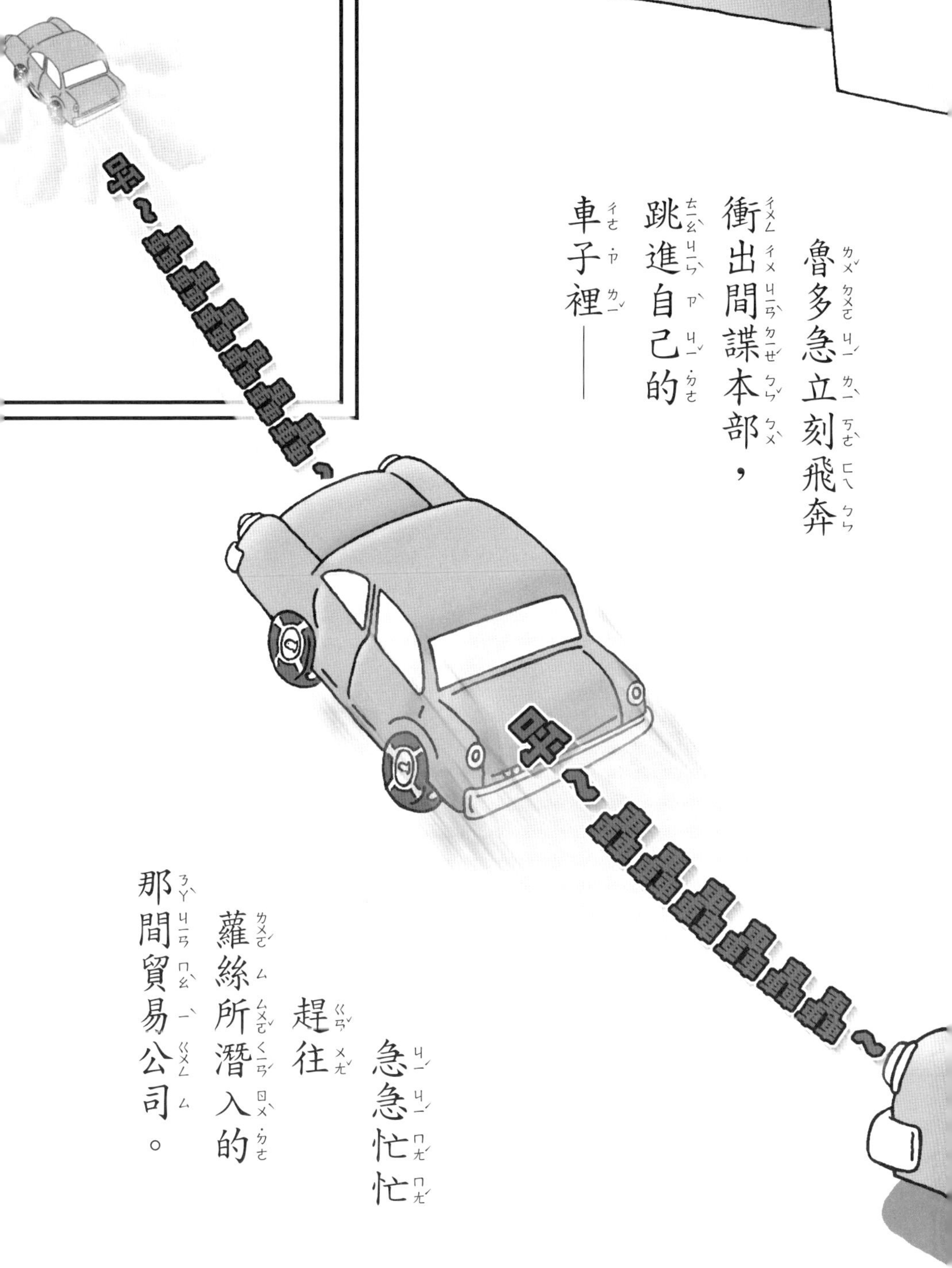

急急忙忙
趕往
蘿絲所潛入的
那間貿易公司。

然而，魯多急才將車子停在目標公司的停車場，後車廂就被打開，裡頭冒出了佐羅力他們三人。

原來，他們從魯多急講電話時的反應，推斷出他應該會使用到車子，就先躲進後車廂裡。

「原來蘿絲小姐就在這兒呀，太好了——」

佐羅力抱著花束，

走向公司的入口。

「等等，

這家公司

戒備森嚴，

他們是不會那麼簡單

就讓你們進去的。」

魯多急好心的向佐羅力提出忠告，

就在這時，有一位花店老闆剛好來到警衛室，他正準備進去更換用來裝飾公司的觀葉植物。

那就拜託你了。
每次都要麻煩你借鑰匙，謝謝啦——

完全不清楚狀況的佐羅力，大搖大擺跟著走進去。這時，辦完手續，得以通過閘門入內的花店老闆，看到佐羅力手上的花束，向他搭話。

嘰—咿

佐羅力就這樣跟著花店老闆一邊閒聊，一邊通過閘門，

哐鏘！

穿過公司入口，半點都不費力的走進去。

來，這邊請，辛苦你啦。注意，閘門要開了。
花店老闆旁邊——
哇喔，好漂亮的花束啊——
可不是嗎？這可是花了我很大心力才到手的呢，嘻嘻呵呵。
警衛看到佐羅力滿手抱著花束，還以為他是花店老闆的幫手。
看到這個情景，魯多急只能急急忙忙追了上去——

啊，我也是花店的工作人員。
他正想衝過警衛室穿過那兒的閘門，
等等，等等，等等。你睜著眼在這邊說什麼瞎話呀，不行，不行。
喂，佐羅力先生，幫幫我呀——

哪有花店人員會是你這種
裝扮的？這家公司的保全警衛
可是十分嚴密的，只要有那麼一點點可疑，
就算是螞蟻也沒有辦法通過。

在兩位體型壯碩的警衛阻擋下，勢單力孤的魯多急也只能待在門外乾著急。

佐羅力三人輕輕鬆鬆進入戒備森嚴的公司。

這時他們遇見剛好經過、看起來很親切的經理，於是佐羅力掏出蘿絲的大頭貼照片，請教他說：

不好意思，請問您看過這位小姐嗎？
嗯，好的，我看看。
請、請你們在這兒稍等一下。
經理

想不到，原本看似和藹可親的經理，這時臉色都變了，

他這麼說著，之後很快走進走廊盡頭的一個房間內。

砰答！

「糟了！董事長，有三個很可疑的人，居然通過我們公司嚴密的戒備，跑來要找剛剛被抓到的女間諜。」他報告道。

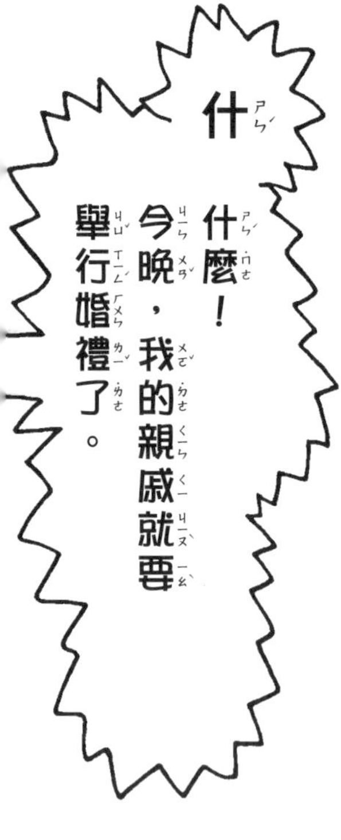
什
什麼！今晚，我的親戚就要舉行婚禮了。

我要趁著豪華熱鬧的儀式吸引眾人目光時，暗中進行祕密文件的交易。前來進行交易的人已經抵達我國了，計畫沒辦法再更改。雖然不知道狀況已經被他們掌握到什麼程度，總之，先把那三個人和女間諜一起關起來，直到婚禮結束為止！

「我知道了。」

經理走出房間後，

立刻換上

一副親切的表情，

來到佐羅力他們面前說：

「不好意思，讓三位久等了，照片上這位小姐目前正在地下室的接待室。來，我帶三位過去吧。」

經理帶頭走下一座通往地下室的樓梯。

至於在佐羅力他們即將被帶往的房間深處，

蘿絲被綁在一張椅子上；
她的嘴巴還被貼上膠帶。
就在她的眼前，
有一位身材壯碩的警衛，
一邊大口吃著漢堡，
一邊目不轉睛的
監視著她。

蘿絲是一個優秀的間諜，想要擺脫這種程度的綑綁應該是一件輕而易舉的事。

然而，現在她這樣被人近身看守著，根本無法採取任何行動。

這時——

「哦，蘿絲小姐，原來你在這裡呀。」
佐羅力滿心雀躍的走進房間裡。
突然，那位經理猛的從佐羅力手中搶走玫瑰花束。

等一下我們董事長就要去
參加他親戚的婚禮，
不如把花束拿去給
舉辦婚禮的「海岸教堂」當作裝飾，
對這些玫瑰來說，才叫做幸福，是不是。
我就不客氣的收下嘍。

蘿絲聽到這些話，
心臟猛跳一下。
想不到竟能讓她得知
祕密文件交易的地點，
就在「海岸教堂」。
這時候，
房間裡迴盪起
佐羅力響亮的聲音。

這束玫瑰花，是我注入對蘿絲小姐滿滿的情感，努力了一個月才買到的，哪可能那麼簡單就讓你搶走！
佐羅力搶回花束，將那位經理推得遠遠的。
就是說嘛，你這個傢伙，別想再碰佐羅力大師珍貴的玫瑰花。
伊豬豬和魯豬豬叉開雙腿、張開雙手，擋在那位經理面前。
碰咚

哇—啊
好一個自大的傢伙！喂，警衛，快把這些人也都抓住，好好的綑綁起來。
是、好——
窸窸窣窣……

原本看守蘿絲的警衛跑了出去。這是絕不會出現第二次的難得好機會。蘿絲立刻取出藏在她戒指裡的電動小鋸子，割斷繩索，一轉眼，蘿絲已經擺脫了綑綁。
這時，蘿絲腦中冒出一個想法。
（看來這是魯多急為了救我，
利用佐羅力他們
所策畫演出的一齣戲。
呵呵，除了順利套出
我想要的資訊，
還藉故製造讓我逃走的時機。
魯多急，做得好呀。）

蘿絲用間諜筆
在漢堡店的餐巾紙上，
寫下給魯多急的留言，
然後放在椅子上。
房間的角落裡有一個小小的通風管道，
她迅速撬開封住入口的門扇，
然後，以纖細的身軀靈活鑽了進去，
很快就消失不見。
好像與蘿絲換班似的，

經理和警衛已經抓著佐羅力他們走了進來。
啊，不見了！
警衛急急忙忙跑向椅子那兒，椅子上放著一張像是要傳達什麼訊息的餐巾紙，旁邊還放著一枝筆。
她給同夥留了什麼訊息嗎？
只是，他翻過來倒過去，前前後後、仔仔細細看來看去，

哼，上面什麼都沒寫嘛。
卻沒看出所以然。他不太甘心的用那張餐巾紙將嘴邊的番茄醬擦掉，然後扔掉。
可惡——她肯定逃不遠，喂，給我追，快追！
丟！

經理脹紅了臉，一把將玫瑰花束扔到一旁，帶著警衛一起飛奔出房間。

留下來的佐羅力他們，趕緊將散落在地上的玫瑰花撿起來放在一起。

「本大爺只是想見蘿絲一面而已，為什麼會倒楣遇上這種事呀。」

佐羅力很想哭。

而另一頭，魯豬豬有了新發現，

「啊，我找到一枝很好玩的筆耶。筆蓋上還有燈喔。」

魯豬豬按哪按的，

很開心的玩著筆蓋上的燈。

「別玩了，快把玫瑰花全撿起來……」

佐羅力煩躁不安的說。

他一抬頭，看到地上那張餐巾紙，

被筆的亮光照到的瞬間，好像浮現了一些文字。

佐羅力立刻將魯豬豬手上的筆拿過來，

把餐巾紙攤平，

用筆蓋上的燈光一照。

結果——

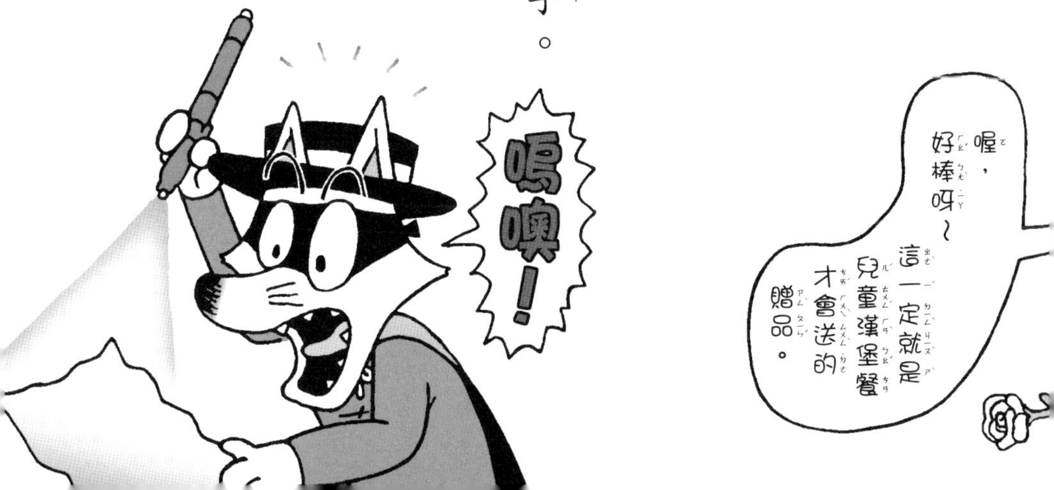

嗚噢！
喔，好棒呀～這一定就是兒童漢堡餐才會送的贈品。

餐巾紙上
真的浮現出文字。
而且寫的還是對佐羅力的
「愛的告白」……
儘管餐巾紙上
有番茄醬的汙漬，
沒辦法看清楚全部的內容，

我——
佐羅力先生
我想
跟佐羅力先生
結婚
蘿絲

但是，只憑著佐羅力所能讀到的部分，
他覺得已經足夠了。
就算早一秒鐘也好，
佐羅力只想立刻飛奔到蘿絲身邊。
不過，房門被鎖上了，
而且這裡是地下室，
所以四周一個窗戶也沒有。
佐羅力三人並不是間諜，
他們有辦法從這間密室逃脫嗎？

至於成功逃走的蘿絲，此刻已經鑽進魯多急的車子裡。

啊，魯多急，你在這裡等我呀。這麼一來，你不就沒看到餐巾紙上的訊息了。算了，總之你送來的佐羅力倒是大大發揮了功用，謝啦。

沒辦法進入公司內部的魯多急，完全不知道發生了什麼事，但是能夠得到蘿絲的感謝，

他也挺開心的。

「來吧，要開始工作了。我必須潛入舉辦婚禮的『海岸教堂』，拿回祕密文件。至於你，要去將幫我們許多忙的佐羅力先生他們救出來。快，時間緊迫，快點開車回本部著手準備。」

魯多急依照蘿絲的指示，立刻發動車子引擎開往間諜本部。

❶蘿絲一回到本部，兩個人立刻來到祕密武器工廠。
我想要潛入婚禮會場，有沒有什麼好東西能夠立刻派得上用場？
我做事常常出差錯，還是選擇自己慣用的祕密武器比較好。
這裡對外宣稱是電器用品的製造工廠，所以這個月的祕密武器主題就是「電器用品」囉。
❷這裡從早到晚，每天都在研究、開發間諜的祕密武器。
臭風扇
按下開關就會立即吹送出超強猛烈的臭屁風，臭昏敵人。
計算洗衣機
洗衣服的時候，可以利用洗衣機前方的計算機，斤斤計較的計算家用帳簿上的各種收支。
看起來像是騎上象背以後用來訓練平衡感的健康運動器材，然而，這臺機器卻會突然動起來，踩趴敵人。
騎象機
將敵人像洗好的衣物一般燙熨得他忍不住一抖一抖的，而且，熨平之後還會自動摺疊好。
熨抖人
準備刷牙時，牙刷的前端會突然冒出眼鏡蛇來咬人。
蛇來咬
電動牙刷

間諜們會從這裡任意挑選出自己在間諜戰中所需要的武器帶走。

❸ 接下來，正準備趕去解救佐羅力等人的魯多急，以及即將潛入結婚典禮會場取回祕密文件的蘿絲，各自擬定了以下的作戰計畫——

魯多急的拯救佐羅力作戰策略

超不一樣的變裝秀直升機！
此時已經變身成救援專用的機器人

這是魯多急曾使用過的「變裝秀直升機」升級版。他絲毫不畏懼曾經遭遇過的失敗，再次搭上直升機機器人，出發前去拯救佐羅力。

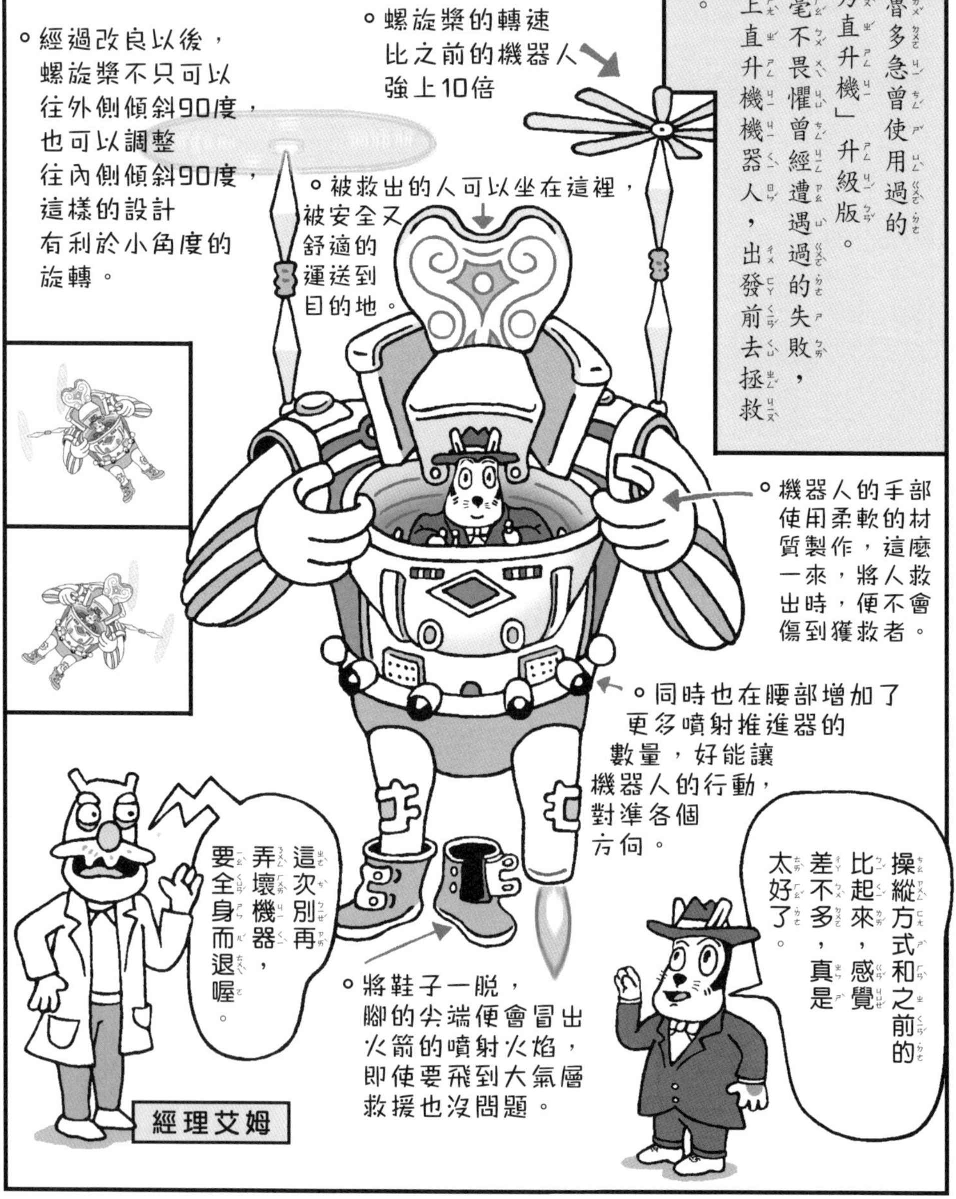

○經過改良以後，螺旋槳不只可以往外側傾斜90度，也可以調整往內側傾斜90度，這樣的設計有利於小角度的旋轉。
○螺旋槳的轉速比之前的機器人強上10倍
○被救出的人可以坐在這裡，被安全又舒適的運送到目的地。
○機器人的手部使用柔軟的材質製作，這麼一來，將人救出時，便不會傷到獲救者。
○同時也在腰部增加了更多噴射推進器的數量，好能讓機器人的行動，對準各個方向。
這次別再弄壞機器，要全身而退喔。
操縱方式和之前的比起來，感覺差不多，真是太好了。
○將鞋子一脫，腳的尖端便會冒出火箭的噴射火焰，即使要飛到大氣層救援也沒問題。
經理艾姆

蘿絲的變身新嫁娘作戰策略

蘿絲正十萬火急的收集各種即將在「海岸教堂」舉行結婚典禮的那位新娘的相關資訊，再經由不斷練習，盡量
讓自己的習慣、行為舉止、說話方式，都做到和新娘難辨真假。
在這段時間內，
新娘在各種拍攝角度下的照片，也已經透過3D列印機掃描好了，
吱喀沙
咕嗡咕嗡
並且，以這些資料作為根據，
嘰嘰嘰 叩叩叩叩
列印出一個連毛孔和痣都模仿得唯妙唯肖的面具。
然後——
戴上去，
化好妝，
再戴上假髮，
就完美變裝了。

嘿，魯多急，快看，你知道我是誰嗎？
咦！不會吧！你是蘿絲前輩？

魯多急，讓我們各自去完美的達成我們的任務吧。
終於，來到讓大家一窺間諜技巧到底有多厲害的時刻了。蘿絲搭乘由魯多急駕駛的新型變裝秀機器人，來到距離「海岸教堂」不遠處，然後，悄悄的潛入新娘休息室。

就算這麼近、看得超仔細，也完完全全看不出任何破綻。好強！

蘿絲前輩你放心，我一定會的！

魯多急則是緊急起飛，直接飛往囚禁佐羅力他們的公司。

這時，佐羅力他們正忙著尋找能從密室脫逃的線索。

咦？房間的角落那兒，不是正好有一個小小的通風管道打開著嗎？

於是，伊豬豬帶著玫瑰花試著爬進去看看。

只是通風管實在過於狹小，伊豬豬不但卡住動彈不得，

連玫瑰也折斷了。

「這樣行不通啦。要是本大爺不能帶著玫瑰花束逃出去，又有什麼意義呢？」

正當佐羅力苦惱得雙手抱頭時，門鎖被打開了，有人走進房裡。

難道是那個警衛又跑回來了？

啊，咱們又見面啦。你們也正在更換新鮮的花呀？

不，進門的並不是警衛。而是他們在櫃檯那兒見過面的花店老闆；他正要進來更換這個房間裡的觀葉植物。

老闆這麼一問，
佐羅力趕緊說：
「對，對呀。」
然後裝出若無其事的模樣，
將旁邊大花瓶裡的花拿出來，
再假裝把玫瑰花
插入瓶內。
過了一陣子，
那位花店老闆，

手腳俐落的完成
更換盆栽的工作，
說了一句：
「我先走了。」
就準備走出房間。
佐羅力趕緊對老闆說：
「啊，我們也馬上好了，
請不要把門鎖上。」
「我知道了——」

花店老闆匆匆忙忙的趕往下一個房間。

這麼一來，佐羅力他們也能離開房間了。

不過，從這裡到上頭樓層的出口，過程中要是意外撞見經理或警衛，一定又會被抓住，玫瑰花束也會被拿走。

為了避免這種危險，佐羅力想出一個逃脫辦法——

他們打算利用插滿玫瑰的大花瓶，以及花店老闆剛放進來的兩個觀賞用盆景。

先把花瓶和花盆的底部弄掉，然後三人分別躲進去藏身。

這樣即使遇到其他人，只要停住不動，看起來就只是插了玫瑰的花瓶，和種了玫瑰的盆栽而已。

逃脫計畫啟動！

不過，在這種狀況下移動，
想要爬上樓梯，必須吃些苦頭。
如果不小心沒踩穩掉下樓的話，
不管是花瓶或盆栽
都會碎成千萬片。

然而，三人透過團隊合作，
總算順利來到樓上。

偏偏這時——

一位女性員工
恰巧經過他們
身邊。

當然，
三人都按原定計畫，
立刻假裝像真正的花瓶與盆栽
一動也不動，
等著她走過去。
可是——

「哇，好漂亮的玫瑰。美呆了！」

那位女性員工湊近玫瑰聞聞香氣後，

又往四處張望，

確認有沒有其他人在場。

「拿個兩、三朵，

應該不會有人發現吧，

呵呵呵。」

正當她要從花瓶中抽出玫瑰，

結果——

佐羅力想都沒想就抱著玫瑰花束，從花瓶裡面

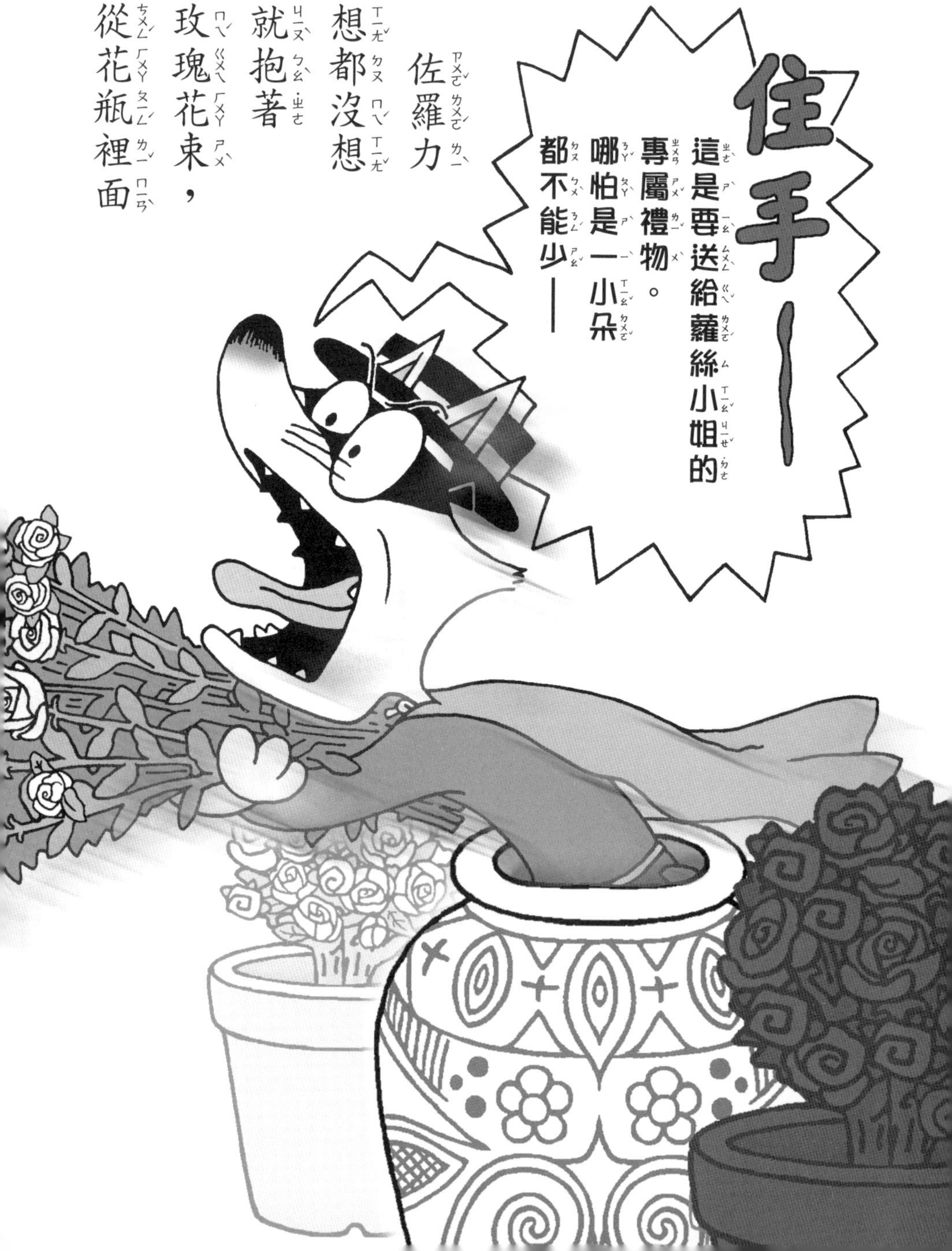
住手——
這是要送給蘿絲小姐的專屬禮物。
哪怕是一小朵都不能少——

跳出來。

女員工的尖叫聲，被同一樓層的同事聽到，大家全都跑出來。

「慘、慘了！快跟我走呀。」

佐羅力對著伊豬豬、魯豬豬喊道，三人一起沿著樓梯往上衝。

「啊，那幾個傢伙就是跑掉的女間諜同夥！」

「這次絕對不准失敗，非把他們抓住不可！」

經理用他非常宏亮的聲音，
向各個樓層大聲喊著，
於是，他的同事愈聚愈多、愈聚愈多，
全都追著佐羅力他們跑。

佐羅力他們除了不斷往上逃，沒有其他的路。

終於，他們逃到了屋頂。

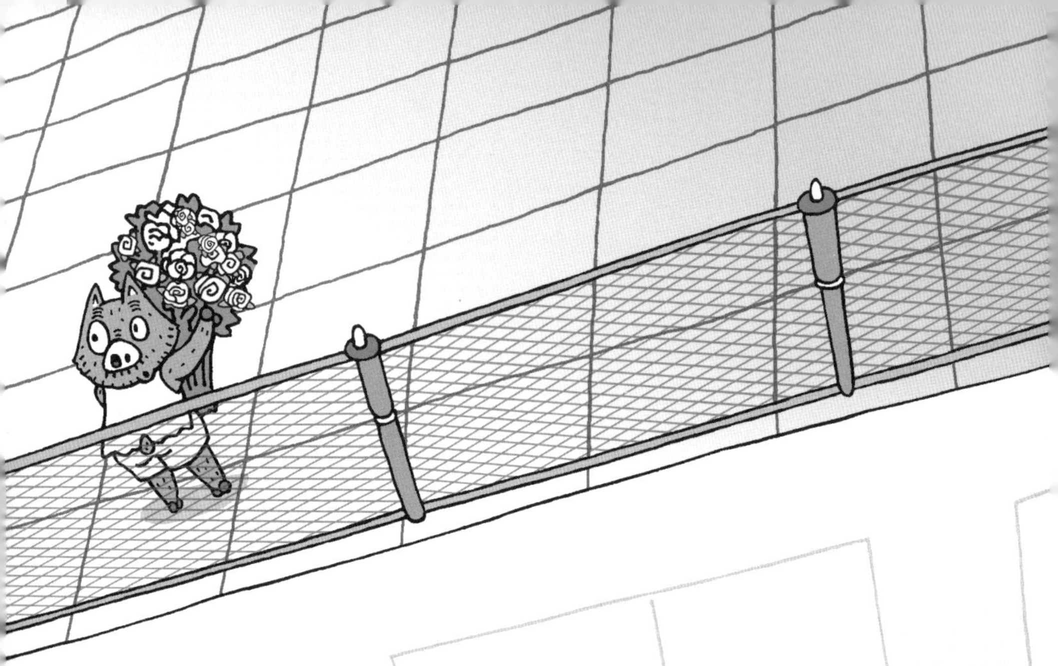

這裡是一座八層樓高的建築。
如果摔下去，那可不得了。
公司員工鬧哄哄的，
全部從他們後面
要一擁而上。

「佐羅力大師，
請用力揮舞這些玫瑰，
他們害怕被玫瑰的刺刺到，
就不敢靠近了。」

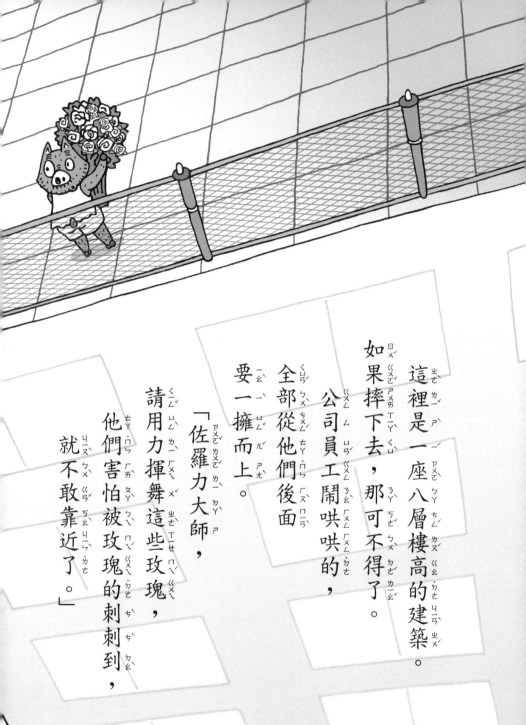

聽到伊豬豬這麼建議，佐羅力忍不住失控大叫：

「不行、不行、不行、不行——玫瑰的花瓣超脆弱的！」

看來，他們三個被抓住也是遲早的事。

「這下死定了。」就在三人都有這樣的覺悟時——

啪啦啪啦啪啦啪啦

魯多急駕駛著新型變裝秀機器人，英勇現身了。

「佐羅力先生——久等了，我馬上過去救你們啦。」

「啊，是魯多急。」

「而且，他搭的那臺機器看起來很眼熟耶，對了，是『變裝秀直升機』！

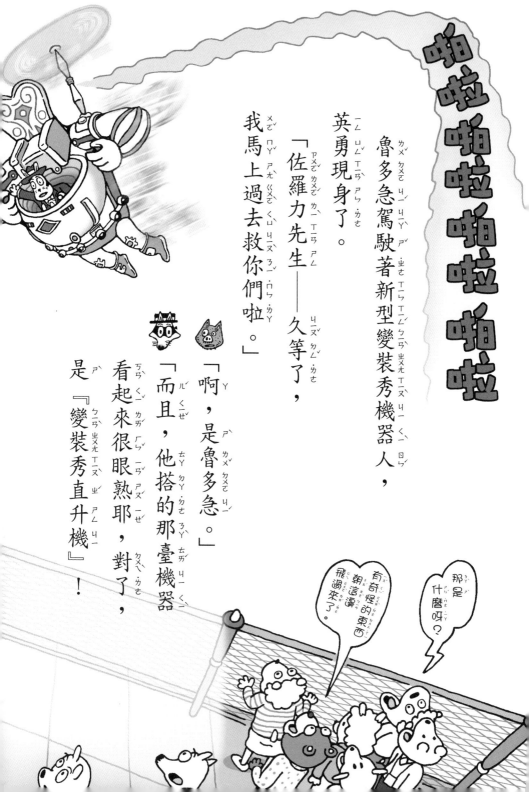

看起來功能還升級了喔。」

「這樣就可以放心了，我們得救了——」

佐羅力三人放下了心中的大石頭。

新型變裝秀機器人準備降落在屋頂上，慢慢向他們靠近。

可是螺旋槳所造成的旋風，
竟然把玫瑰花瓣吹落。
佐羅力只好用披風勉強包住
玫瑰花，拚了命的想保護。
「魯多急，停下、停下，別過來——」
他只好改變心意，
焦急的對著魯多急
大聲喊叫，

佐羅力先生，我無法按照你說的那樣做呀——

儘管這是設備最先進的新變裝秀機器人，

如果無法靠近需要救助的人，

就沒有辦法救人了。

這時，魯多急的腦中靈光一閃，

「對了！只要改變螺旋槳的角度，就能改變風向。

好，就這麼試試看。」

結果——

竟然大失敗。新型變裝秀機器人兩邊的螺旋槳互相擦撞，葉片全部都撞壞了。

無法繼續飛行的

新型變裝秀機器人，
在佐羅力他們面前
筆直往下墜落，
並且燃起熊熊火焰。
「哇，大事不妙了。」
原本在一旁笑著看熱鬧的公司員工，
這下子也紛紛緊張的
拿來許多滅火器猛噴，
以免火災波及自己的工作區。

感恩啊。
雖然我是來救人的，
但是也請順便
救救我呀。
哇啊～
匡啷

火被撲滅，濃煙也散去之後，新型變裝秀機器人已經被燒得內部機械外露，奇慘無比。不過，佐羅力、伊豬豬、魯豬豬，卻都搭上已經變成這副悽慘模樣的新型變裝秀機器人。

「哇哈哈，這堆破銅爛鐵已經毫無作用了吧。」

經理從人群中走出來，

大聲笑著說。

連坐在駕駛座的魯多急也這麼認為。

不過，佐羅力卻露齒而笑，喊一聲：

「飛！」

分別坐在新型變裝秀機器人左右手位置的伊豬豬和魯豬豬，聽到指示，就用力點點頭。然後——

噗——叭叭叭叭噗——

沒錯，新型變裝秀機器人，靠著伊豬豬和魯豬豬兩人的臭屁力量復活了，一舉由屋頂飛上空中。

這時，佐羅力

魯多急，拜託你趁這束玫瑰花束還開得很漂亮，快把我們帶到蘿絲小姐那裡去吧。本大爺只是想親手將花束送給她而已。

眼眶泛淚的說。

魯多急感受到佐羅力的強烈意志，他操縱著新型變裝秀機器人轉向飛往蘿絲應該已經悄悄潛入的「海岸教堂」。

那座「海岸教堂」，
被承租下來，
舉辦一場盛大的結婚典禮。
「嘿，魯多急，
蘿絲小姐就是受邀
來到這邊，是嗎？」
佐羅力從新型變裝秀機器人內一躍而出，
他急著尋找蘿絲的蹤跡，
然而四周卻連個人影都看不到。

這個時候，
結婚典禮
已經結束了，
教堂旁邊正在舉行喜宴。
佐羅力東瞧西瞧，
想看看有沒有辦法
進入喜宴會場，
突然間，
大門打開了——

伴隨著熱烈的掌聲，新娘和新郎現身了。兩人是為了要更換另一套禮服才走出會場。

「哇！好盛大的結婚典禮！」

佐羅力驚訝的喊著，

他的目光已經被新娘的結婚禮服

完全吸引住了。他的夢想不斷膨脹變大，他一心期盼著能與穿著如此美麗禮服的蘿絲結婚！為了更靠近看看那件禮服和新娘的臉，佐羅力向前追過去。

幾位幫忙更換禮服的工作人員，跑過來圍住新娘；頭低低的新娘開口不知嘟噥著什麼。

佐羅力豎起耳朵仔細聆聽，聽到她說：

「我不知道能不能好好說出給爸媽的話，所以很擔心。只要再一次就好，請讓我一個人練習一下。」

新娘提出了很可愛的請求，

這讓佐羅力更想看看新娘的長相，他的身體往前探出去。

這時，工作人員說：

「時間很緊迫，只能給你三分鐘，拜託只能三分鐘喔。」

「我馬上就好了。」

由於新娘很快就跑進休息室，所以很遺憾的，佐羅力並沒看到她的長相。

那位新娘一進休息室，
就將門上鎖。
她將面紗取下來，丟到一旁，
然後摘下面具，原來新娘是蘿絲假扮的。

呵呵，沒有任何人發現我是假新娘。
而且我還順利將這份祕密文件拿了回來，
我得趕快——
啊，對了。

她從後方的衣櫃中，

抱歉，很快就會有人來救你的。

將真正的新娘弄出來後，再次提醒她。

這時，傳來叩叩的敲門聲，已經到了一定要更換禮服的時間了。

於是，蘿絲穿著禮服直接從逃生門飛奔出去。

結果她的身影竟被佐羅力給撞見了。

那是剛剛的新娘禮服耶……
穿著禮服的是蘿絲小姐呀。

伊豬豬和魯豬豬小聲嘟噥著。

佐羅力衷心希望自己只是遇上一位與蘿絲長得很像的新娘而已。

然而，
蘿絲是他那麼喜歡的人，
他又怎麼可能會認錯。
佐羅力的手一鬆，玫瑰花全掉落在地上，
整個人呆呆的站在原地一動也不動。
唯一知道整件事情真相的魯多急，
也只能悄悄離開氣氛凝重的現場，
跟隨蘿絲的腳步快跑過去。

「蘿絲前輩！」

「噓——魯多急，你已經救出
佐羅力先生他們了嗎？」

「對，救出來了，
現在就在那邊……」

「太好了，這一次多虧他們三人，
得準備些什麼向他們致謝才行。
啊！不過現在
不行，

對方應該已經發現祕密文件被拿走了。如果我被他們找到的話，麻煩可大了。所以佐羅力先生那邊就拜託你了。」

蘿絲話才說完，就急忙招來一輛計程車，飛快搭車返回間諜本部。

而魯多急回到佐羅力他們那兒一看——

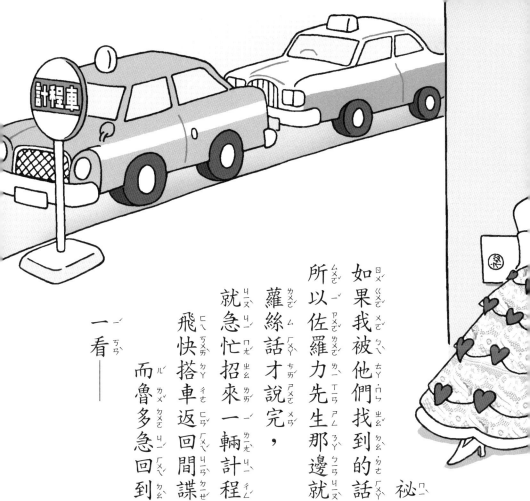

深深相信蘿絲已經結婚的佐羅力，垂頭喪氣的坐在大廳內。

「我今天才剛剛從蘿絲那裡收到這一份愛的告白呀，唉——」

佐羅力盯著皺巴巴的餐巾紙，深深的嘆了一口氣。

「只要用這枝筆的燈一照，
就會浮現蘿絲小姐心裡的想法。
魯多急，你自己來看看。」
魯豬豬將那枝筆遞給魯多急。
魯多急知道，這是間諜夥伴之間用來互通祕密訊息的筆，
他故意裝出吃驚的模樣說：
「嗯，真的耶！
唉呀呀……」

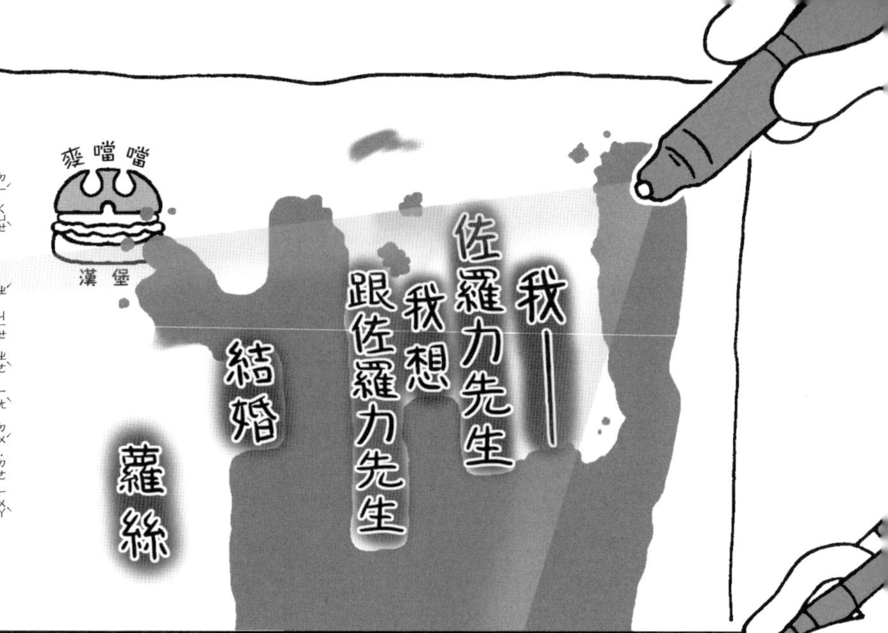
變噹噹
漢堡
我——佐羅力先生
我想跟佐羅力先生
結婚
蘿絲

的確，直接這樣讀的話，看起來是一則愛的告白……

但是身為間諜的魯多急，他明白在番茄醬的汙漬底下，其實寫著這樣的內容。

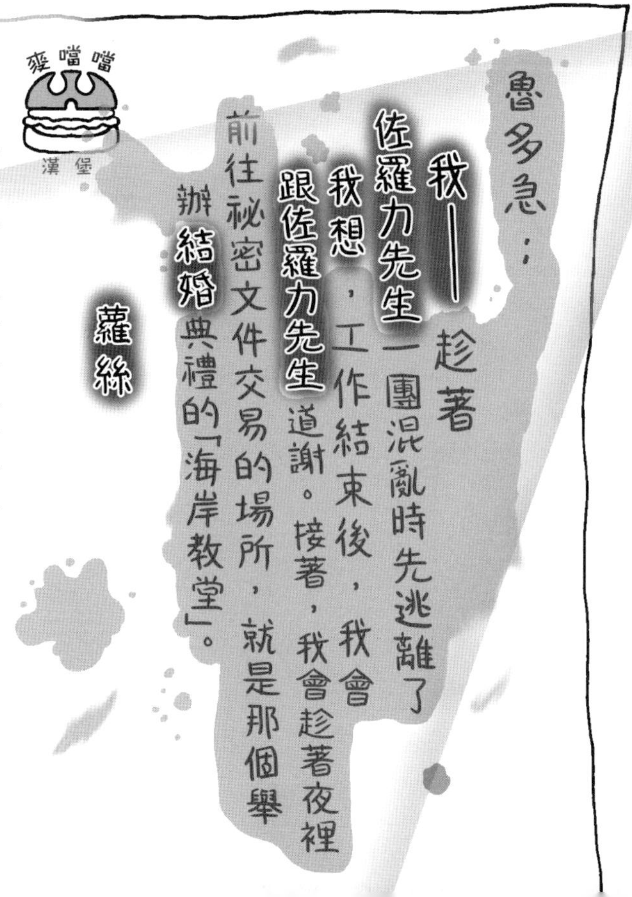
變噹噹
漢堡
魯多急；
我——趁著
佐羅力先生一團混亂時先逃離了
我想，工作結束後，我會
跟佐羅力先生道謝。接著，我會趁著夜裡
前往祕密文件交易的場所，就是那個舉
辦結婚典禮的「海岸教堂」。
蘿絲

很遺憾，這只不過是一則留給魯多急的訊息而已。

然而，這種時候要是據實以告，恐怕只會讓佐羅力更加難受。

因此，魯多急很煩惱，不知道該怎麼辦才好。

「啊！我知道了！」

佐羅力突然站了起來。

喂喂，難道他終於發現我們的間諜身分了？

魯多急一想到這點，他的額頭就開始猛冒汗。

或許，
那場婚禮一定是在蘿絲遇見我之前，就已經決定了。這麼想的話，所有的疑惑就能迎刃而解。
❶之前，蘿絲在爸爸和媽媽的安排下與那個男的相親，
並且決定今天要舉行婚禮。
可是，
❷情人節的時候，她與我相遇了，
才發現自己已真正墜入愛河的蘿絲，
忍不住
❸送給我那個表達愛意的巧克力。
那正是一個錯誤的開始——
佐羅力好像自己是一位名偵探似的，任意依照自己的想像，對於蘿絲的事加以推理。
原來如此，
原來如此，

④本大爺為了
回應她的愛，
拚命打工賺錢，
也下定決心
如果能夠買下
100朵她最愛的玫瑰，
就要向她求婚。
在這段期間——
嗶
⑤她一定不停煩惱著，
不曉得到底是要選擇
由父母決定的
未婚夫，
還是要選擇
真心愛著的
本大爺。
她絕對受到
很大的折磨、
很痛苦。
⑥然而，
本大爺完全
不曉得這個狀況，
卻抱著玫瑰花束
來到你們公司——
你不是一直不肯告訴我蘿絲到底跑到哪裡去了？
就是因為你……

7 你知道蘿絲小姐今天就要結婚了。
本大爺卻在這個日子跑來求婚，你怕增加前輩的煩惱，所以才不說，是這樣的吧。
8 接著，本大爺跑到蘿絲小姐前去拜訪的公司，就在我以為要與蘿絲小姐見面時，
卻被關進了地下室。我才覺得很奇怪……
9 據說新郎就是那間公司董事長的親戚，對吧？
在親戚的大喜之日，長得這麼帥的本大爺要是現身向蘿絲小姐求婚，那可麻煩了，因為蘿絲小姐很可能因此改變心意決定逃婚。
啊，佐羅力先生—
嗯嗯
嗯嗯

⑩那位親戚的董事長心裡很著急，所以就不讓我見蘿絲小姐，因而將她從地下室帶往結婚典禮會場。

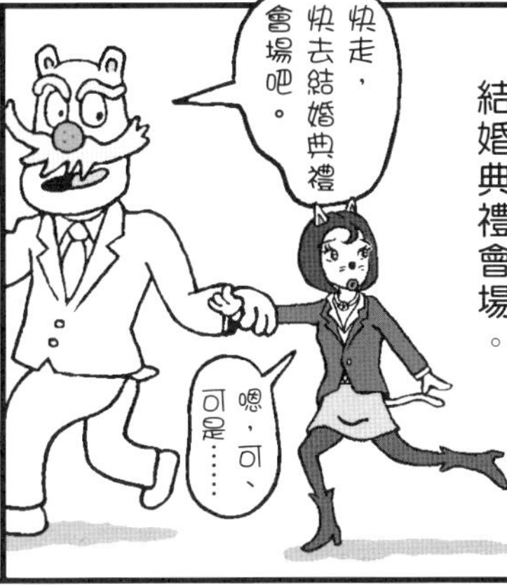
快走，快去結婚典禮會場吧。
嗯，可、可是……

不過，蘿絲小姐待在地下室時，她深信本大爺一定會來接她走。這張餐巾紙就是證據。

⑪她在上頭留下她真正的心願，卻故意弄得讓別人都看不懂。

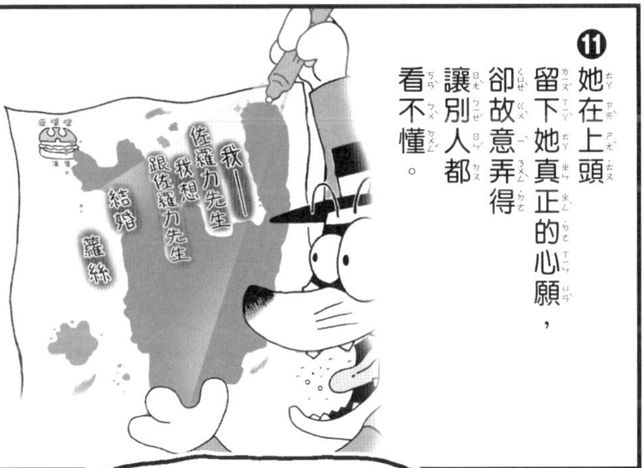
我——
佐羅力先生
我想跟佐羅力先生
結婚
蘿絲

等到本大爺收到這則訊息時，已經太晚了。她以為本大爺沒趕過來，更深信她被我甩了。

她哭著泣著，卻只能被迫和爸媽決定的人選結婚。本大爺要是能早一點趕來，早一點見到她，就不會發生這樣的悲劇了。
嗚嗚嗚嗚
這個故事好悲慘
啊……
鈴鈴鈴鈴鈴鈴

就在佐羅力終於講完他的故事時，魯多急的手機響了。

那是蘿絲打來的電話。

「我已經平安順利的將祕密文件送回本部了。不過，主管立刻派了新任務給我。明天一大早我就得飛往紐約，好一段時間沒辦法回來。出發旅行前，我無論如何都想送佐羅力先生禮物，向他表達謝意。」

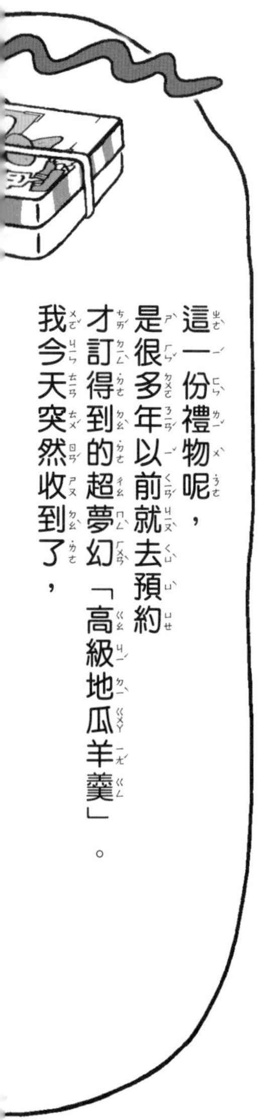
這一份禮物呢，
是很多年以前就去預約
才訂得到的超夢幻「高級地瓜羊羹」。
我今天突然收到了，

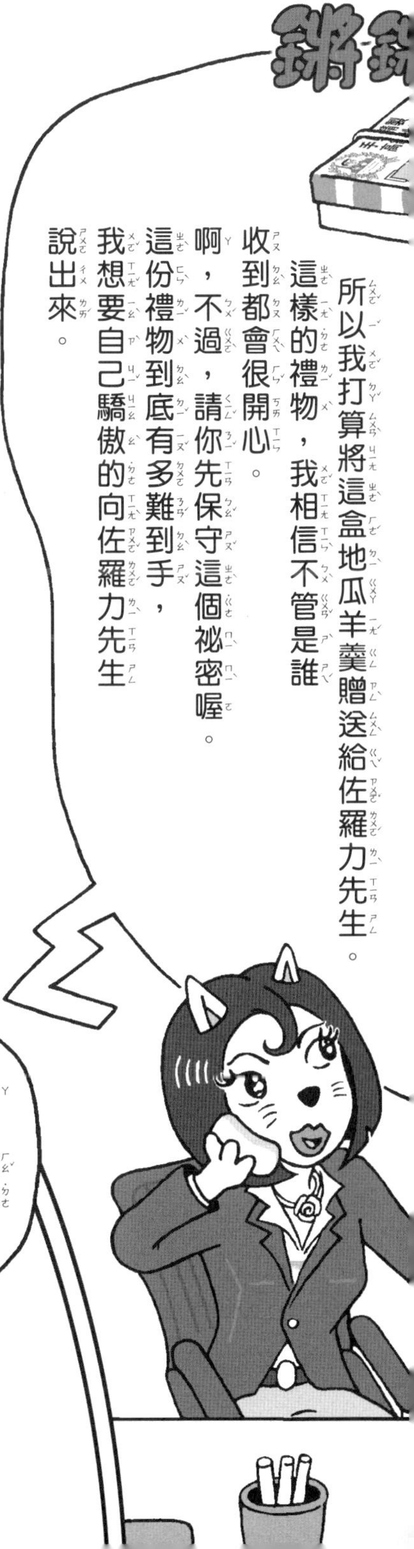
所以我打算將這盒地瓜羊羹贈送給佐羅力先生。這樣的禮物，我相信不管是誰收到都會很開心。
啊，不過，請你先保守這個祕密喔。這份禮物到底有多難到手，我想要自己驕傲的向佐羅力先生說出來。

「那麼，明天早上七點，我會在機場的大廳等他，請你務必轉告他，拜託嘍。」

嘿！那個……佐羅力先生
啊，好的，我知道了，我這就去傳話。

「蘿絲前輩說，她想要和佐羅力先生碰面，您覺得怎麼樣呢？」

魯多急如實替蘿絲傳了話。

「啊，在哪呢？」

「聽說她明天要出發去紐約，所以希望你明天早上七點鐘到機場大廳……」

「她是要去度蜜月吧……啊，這麼重要的日子她卻說想見本大爺？

糟了，這代表她忘不了本大爺吧？如果真的是這樣，我得跑一趟，好好與她碰個面，並且讓她澈底死心才行，不然，蘿絲小姐沒辦法繼續往前走了。」

佐羅力獨自做了一個很酷的決定。

於是——

第二天，在機場的大廳內，蘿絲與前來送行的魯多急正一起等待著。

「佐羅力先生，謝謝您特地趕過來。」

蘿絲正想向佐羅力說明她手上那份令她很自傲的禮物——「高級地瓜羊羹」的難得之處。

「嗯，其實呢……」

但是她才一開口，就被佐羅力打斷了。

「我都知道了，
你不用多做解釋。
不過，我有些話一定要對你說，
請您聽了不要太驚訝才好。
事實上，
本大爺也早已有了
論及婚嫁的對象。」
佐羅力說出驚人的話，
並且喚來一位——

你好～
我是豬豬子。

有著一頭長髮的美麗（？）小姐。

「下個星期，我將與這位小姐舉辦豪華的婚禮。所以，我們誰也不欠誰。」

佐羅力獻上一朵玫瑰花給蘿絲後，這麼說：

這是我送給你的最後一份禮物，
它是一百朵玫瑰當中，歷經了種種磨難，
卻仍然強韌活下來的奇蹟玫瑰。
你的內心一定也很痛苦吧，
今天，就請你把我澈底忘記，

像這朵玫瑰一樣，以強韌的生命力活下去，建立起幸福的家庭。來，請收下玫瑰吧。

「謝、謝謝……」

蘿絲完全不知道佐羅力在說什麼。

不過，佐羅力總算來了，也終於等到機會，要好好說說這一份要送給他的禮物「高級地瓜羊羹」，是多麼的好吃，是怎樣才弄到手的。

但就在這時——

搭乘109號班機前往紐約的旅客，這是最後一次登機廣播。出發的準備皆已完成，登機門將於不久後關閉，還沒完成手續的旅客，請盡速辦理登機。
等、等、等一等。這份甜點真的很珍貴。你一定要好好的說明，可別讓佐羅力先生他們什麼都不知道，三兩下的就大口大口吃掉。
其他的乘客都在飛機上等著您登機起飛了！
這就交給我來替你向佐羅力先生說明。
啊，蘿絲前輩，那是你要搭的班機耶。你得快去登機。
呵～你們做得很好。

蘿絲完全沒辦法向佐羅力好好介紹「高級地瓜羊羹」，她的心裡帶著疙瘩，所以在走向登機門時，一路不斷回頭看，最後才消失在登機門內。

拜託，請快一點！
呼——這麼一來，蘿絲小姐就會把本大爺完全忘記，然後帶著開朗愉快的心情去度蜜月。好，差不多是時候了吧。豬豬子，揭穿真相吧！

佐羅力這麼一說——

佐羅力的未婚妻聽了瞬間分成兩半，原來她是伊豬豬和魯豬豬所假扮的。
伊豬豬和魯豬豬，做得好！就算本大爺多麼希望成為惡作劇之王，都不想再說出這種謊言了。我是為了蘿絲小姐的幸福，才狠下心來講這些話的。請大家一定要明白我是多麼用心良苦。
嘿嘿嘿，我們用最完美的變裝術，成功騙過了蘿絲小姐的眼睛。
啊，各位親愛的讀者，應該也因為佐羅力大師突然宣布他要結婚了，擔心「怪傑佐羅力」系列也要跟著結束，所以很緊張吧？

佐羅力一直抬頭望著天空，直到蘿絲所搭乘的那班前往紐約的班機，再也看不見為止。

不了，本大爺沒有辦法收下蘿絲小姐這份有著滿滿記掛的禮物。為什麼呢？因為只要一看到禮物，就會想起她而感到心痛。
那個、佐羅力先生——這個是蘿絲前輩要送給你的禮物。我也要一併替前輩表達她的心意……
哪裡是「滿滿的記掛」呢，根本就是「滿滿的地瓜」好嗎？

各位親愛的讀者

我家佐羅力很久沒有這麼酷了，請各位不要戳破真相，讓他也能懷抱著夢想繼續前進吧。拜託大家了。

佐羅力的媽媽

● 作者簡介

原裕 Yutaka Hara

一九五三年出生於日本熊本縣，一九七四年獲得KFS創作比賽「講談社兒童圖書獎」，主要作品有《小小的森林》、《手套火箭的宇宙探險》、《寶貝木屐》、《小噗出門買東西》、《我也能變得和爸爸一樣嗎？》、【輕飄飄的巧克力島】系列、【膽小的鬼怪】系列、【菠菜人】系列、【怪傑佐羅力】系列、【鬼怪尤太】系列、【魔法的禮物】系列等。

● 譯者簡介

周姚萍

兒童文學創作者、譯者。著有《我的名字叫希望》、《山城之夏》、《妖精老屋》、《魔法豬鼻子》等作品。譯有《大頭妹》、《四個第一次》、《班上養了一頭牛》、《那記憶中如神話般的時光》等書籍。曾獲「文化部金鼎獎優良圖書推薦獎」、「聯合報讀書人最佳童書獎」、「幼獅青少年文學獎」、「國立編譯館優良漫畫編寫」、「九歌年度童話獎」、「好書大家讀年度好書」、「小綠芽獎」等獎項。

國家圖書館出版品預行編目資料

怪傑佐羅力之神祕間諜與100朵玫瑰
原裕 文、圖；周姚萍 譯 --
第一版. -- 臺北市：親子天下, 2019.01
104 面；14.9x21公分. --（怪傑佐羅力系列；50）
注音版
譯自：かいけつゾロリなぞのスパイと100本のバラ
ISBN 978-957-503-221-0（精裝）
861.59　　107021230

怪傑佐羅力系列 50

怪傑佐羅力之神祕間諜與100朵玫瑰

作者｜原裕（Yutaka Hara）
譯者｜周姚萍
責任編輯｜陳毓書
特約編輯｜游嘉惠、陳韻如
美術設計｜蕭雅慧
行銷企劃｜高嘉吟

發行人｜殷允芃
創辦人兼執行長｜何琦瑜
副總經理｜林彥傑
總監｜黃雅妮
版權專員｜何晨瑋、黃微真

出版者｜親子天下股份有限公司
地址｜台北市 104 建國北路一段 96 號 4 樓
電話｜（02）2509-2800
傳真｜（02）2509-2462
網址｜www.parenting.com.tw

讀者服務專線｜（02）2662-0332
週一～週五：09:00～17:30
讀者服務傳真｜（02）2662-6048
客服信箱｜bill@cw.com.tw
法律顧問｜台英國際商務法律事務所・羅明通律師
製版印刷｜中原造像股份有限公司
總經銷｜大和圖書有限公司
電話｜（02）8990-2588

出版日期｜2019 年 1 月第一版第一次印行
2021 年 2 月第一版第九次印行
定價｜300 元
書號｜BKKCH018P
ISBN｜978-957-503-221-0（精裝）

訂購服務
親子天下 Shopping｜shopping.parenting.com.tw
海外・大量訂購｜parenting@cw.com.tw
書香花園｜台北市建國北路二段 6 巷 11 號
電話｜（02）2506-1635
劃撥帳號｜50331356 親子天下股份有限公司

那盒「高級地瓜羊羹」
可是由日式甜點師傅
手工製作而成的。
每一年，只會有三十名客人
有辦法被抽中才得以品嘗，
所以非常珍稀。
不知道佐羅力先生他們
有沒有細細品嘗
其中的美味？